Société des Beaux-Arts, des Sciences et des Lettres

D'ALGER

LA LÉGENDE DES SIÈCLES

DE VICTOR HUGO

COMPTE-RENDU STÉNOGRAPHIQUE

DE LA CONFÉRENCE

FAITE A LA SALLE DES BEAUX-ARTS

Le 13 décembre 1878

PAR

M. Léon ALLIAUD

Prix : 50 centimes

ALGER

IMPRIMERIE CURSACH ET Cie, RUE DES CONSULS, 22

1878

CONFÉRENCE DE M. ALLIAUD

Mesdames, Messieurs,

On vous le disait ici même, il y a quinze jours, Victor Hugo — vous me permettrez, je l'espère, de ne pas dire Monsieur Victor Hugo, — est un de ces écrivains qui excitent irrésistiblement la curiosité publique. Respecté par les uns comme un maître, aimé de tous ceux qui sont sensibles aux grandes émotions, détesté de quelques-uns, il n'est indifférent à personne. Ceux-là même qui le raillent ou qui l'injurient reconnaissent implicitement, comme ses admirateurs, sa supériorité et son génie ; car la raillerie n'est qu'une forme inférieure de l'admiration. Cettte curiosité publique me servira d'excuse, ce soir, et si je risque de vous ennuyer en vous parlant d'un auteur que tout le monde connaît ou croit connaître, vous ne m'en voudrez pas, car vous êtes déjà pour la moitié dans mon crime.

Je n'apprendrai rien à personne, en vous disant que la *Légende des Siècles* se compose de deux séries de poésies bien distinctes. Les premières furent éditées, il y aura bientôt vingt ans, en 1859. En les livrant au monde — à la critique, si vous l'aimez mieux, les deux termes sont souvent synonymes — Victor Hugo écrivit ce quatrain sur la première feuille de son livre : il était alors en exil :

« Livre, qu'un vent t'emporte

En France où je suis né !

L'arbre déraciné

Donne sa feuille morte. »

Vous le savez, messieurs, on dit qu'il n'y a rien de plus menteur qu'un poète. Le poète se trompe, sans le vouloir, et trompe les autres. L'arbre, qui n'était pas déraciné malgré l'orage passager, a reverdi et nous a donné, en février 1877, de très belles et de très vigoureuses feuilles.

Je serai donc obligé, pour vous faire comprendre l'esprit de la *Légende des Siècles*, de prendre de tous côtés, de piller des deux mains, partout où je trouverai mon bien.

Qu'est-ce donc que la *Légende des Siècles*? Écoutons l'auteur lui-même :

« Exprimer l'humanité dans une espèce d'œuvre cyclique ; la peindre successivement et simultanément sous tous ses aspects, histoire, fable, philosophie, religion, science, lesquels se résument en un seul et immense mouvement d'ascension vers la lumière ; faire apparaître dans une sorte de miroir sombre et clair cette grande figure une et multiple, lugubre et rayonnante, fatale et sacrée, l'Homme ; voilà de quelle pensée, de quelle ambition, si l'on veut, est sortie la *Légende des Siècles* (1). »

Mais tout cela, mesdames et messieurs, qu'est-ce autre chose que faire une épopée? Voir à côté de la réalité historique la réalité légendaire, écouter en quelque sorte aux portes de l'histoire pour deviner la vie des peuples, choisir un héros grand, sublime, touchant aussi et parfois digne de pitié, qu'on suit à travers ses épreuves, qu'on accompagne dans ses triomphes, c'est imiter Homère et Virgile, c'est une épopée. « Hérodote a fait l'histoire, dit Victor Hugo lui-

---

(1) Préface de la *Légende des Siècles* 1re série.

même, Homère a fait la légende, » et vous savez tous qu'Homère a fait une épopée.

Les Français, a-t-on dit souvent, n'ont pas la « *tête épique.* » On nous le reproche même comme une infériorité. « La Henriade ! » Vraiment, ce n'est pas la peine d'en parler. Et cependant voyez autour de nous : les Italiens ont le Tasse et Dante Alighieri, les Portugais ont le Camoëns ; les Allemands nous offrent les Niebelungen et nomment Klopstock, les Anglais se présentent avec Milton ; nos voisins eux-mêmes, les Provençaux, ont une épopée burlesque, si vous le voulez, mais enfin c'est une épopée ; nous seuls, nous arrivons à ce concours des nations, les mains vides. D'ailleurs, quelle que fût là-dessus notre pensée intime, quoique parfois ceux d'entre nous qui tiennent aux vieilles traditions classiques, regrettassent, tout bas, de n'avoir pas un héros à célébrer, nous savions nous tirer assez habilement de ce mauvais pas : « Les Français, disions-nous, ont trop d'esprit, pour faire des épopées. » Eh ! bien, messieurs, aurions-nous moins d'esprit que nos ancêtres ? Voilà que depuis vingt ans nous avons deux épopées ; il est vrai qu'elles ne se terminent pas en *ade*, comme l'Iliade, la Luciade, la Messiade, — il est vrai encore que l'une d'elles, la *Chanson de Roland,* date d'il y a presque mille ans ; — mais l'autre, la *Légende des Siècles,* nous appartient en propre : elle a été faite, elle se fait encore en plein dix-neuvième siècle.

On m'objectera peut-être qu'une épopée veut être une, qu'elle implique une seule action, un seul héros, — or, la *Légende des Siècles* est une suite de pièces qui n'ont pas d'autre lien que le fil de la reliure. — Je n'en crois rien, mesdames et messieurs, et j'espère vous démontrer qu'il n'y a qu'un seul héros dans la *Légende des Siècles.*

Ce héros, c'est, nous l'avons vu, l'humanité et tout ce qui intéresse l'humanité, ses joies et ses souffrances, ses épreuves et ses triomphes. Il ne faudrait cependant pas croire tout d'abord que ce poème, qui, de l'aveu de l'auteur, contient toute la vie de l'humanité, est une encyclopédie plutôt qu'un vrai poème. Vous connaissez sans doute ce que disait à son ami Dupont l'illustre Durand, d'Alfred de Musset, après une lecture du second Faust de Gœthe, poème qui contient aussi l'histoire universelle, la métaphysique, la physique, et même, Dieu lui pardonne, l'économie politique :

J'accouchai lentement d'un poème affroyable;

La lune et le soleil se battaient dans mes vers;

Vénus avec le Christ y dansaient aux enfers ;

Vois combien ma pensée était philosophique ;

De tout ce qu'on a fait faire en chef-dœuvre unique.

Tel fut mon but ; Brahma, Jup ter, Mahomet,

Platon, Job, Marmontel, Néron et Bossuet.

Tout s'y trouvait : mon œuvre est l'immensité mê ne.

Mais le point capital de ce divin poème,

C'est un chœur de lézards chantant au bord de l'eau.

L'épigramme vaut peut-être contre l'œuvre de Gœthe, œuvre obscure où tout est mêlé : vous verrez, je le crois du moins, qu'Alfred de Musset ne l'aurait pas écrite contre la *Légende des Siècles*.

Vous n'ignorez pas, messieurs, vous le savez aussi, mesdames, que dans toute épopée faite selon les règles, il y a des divinités. Il en est de même dans la *Légende des Siècles ;* il y a un Dieu, oui, un Dieu. On a accusé parfois Victor Hugo d'être un athée. Comme si un poète pouvait être un athée ! Victor Hugo croit en Dieu; il ne ferait pas comme un de ses amis, Victor Schœlcher.

Victor Schœlcher est sceptique en religion, sceptique sincère ; il ne croit à aucune des religions révélées. Un jour il se trouvait à dîner avec Victor Hugo et d'autres amis, littérateur, ou hommes polititiques. Quelqu'un remarqua que Schœlcher ne buvait pas de vin, et le fit remarquer aux autres. « Oh ! dit alors un convive présent, M. Edouard Milhaud, député du Rhône, si Victor Schœlcher ne boit pas de vin, c'est qu'il y a un Dieu pour les ivrognes. »

Eh bien ! soyez persuadés, Messieurs, que Victor Hugo boit du vin, et qu'il croit en Dieu. Seulement, quel est ce Dieu ?

Ici, mesdames, je vous demande toute votre indulgence : je me vois obligé de parler philosophie, et la philosophie n'est guère en faveur auprès des dames, depuis les *Femmes savantes* de Molière. D'ailleurs, on prétend que toutes les fois qu'on parle, sans se comprendre soi-même et sans se faire cmprendre des autres, on fait de la haute métaphysique. Nous ferons donc, si vous me le permettez, un peu de basse métaphysique. C'est vous dire que je tâcherai de me comprendre et de me faire comprendre.

La littérature et les arts, au dix-neuvième siècle, sont presque tous naturalistes. Je m'explique : la science, et, disonsle, avant la science, la philosophie antique a démontré que rien n'est mort dans la nature, que partout il y la force et la vie. Le monde a beau vieillir : un sang toujours jeune circule dans ses veines. La vieillesse du monde, c'est encore une jeunesse : C'est encore cette nouveauté de la nature en sa fleur dont parle Lucrèce, *Novitas florida mundi*. Eh ! bien, c'est cette force cachée, cette vie éternelle que veulent deviner et exprimer les arts modernes. Ce qui saisit l'imagination de l'artiste, c'est la puissance éternellement active et créatrice de la nature ; c'est le secret travail de l'activité universelle d'où sortent les êtres, c'est la germination mystérieuse où s'élabore la vie, l'instinct artiste qui, sans le savoir, inconsciemment, dispose les types et les formes ; c'est aussi la fin pour laquelle la nature nous a créés, l'idéal à la réalisation duquel, éternellement active, éternellement féconde, elle travaille sans cesse ; c'est enfin la pensée qui anime tout l'univers et circule à travers l'immensité des mondes.

Cette vie, elle est plus faible dans les espèces inférieures elle y est comme enveloppée, endormie ; elle lutte contre la matière qui lui résiste. Déjà elle circule avec plus de facilité, toujours sourde cependant, toujours muette, sous l'écorce des arbres. Dans les animaux son jeu est encore plus libre : elle a fait un pas de plus : elle a conquis la sensibilité, et déjà elle montre les premiers germes de l'intelgence. Enfin, dans l'homme, elle arrive à une perfection relative, au plein jour de la conscience, à l'épanouissement superbe de la pensée libre. Mais est-ce tout ? Non, messieurs. L'homme lui-même doit se développer peu à peu. D'abord engagé dans les liens de la matière, il a lutté contre des forces aveugles et déchaînées, contre des forces mystérieuses qu'il redoutait, et qu'il appelait des Dieux ; il travaille toujours et il monte ainsi, de siècle en siècle, des ténèbres à la lumière, de l'esclavage à la liberté; — jusqu'à ce qu'enfin la pensée qui est en lui, lui permette de s'asservir à son tour les forces dont il avait peur, et de chasser ainsi de la face du monde le mal et la souffrance, tristes effets de son impuissance en présence de la matière.

Eh! bien, Messieurs, le Dieu de Victor Hugo, le voilà : c'est l'universalité de la vie, la perfection sublime de l'humanité, le triomphe en un mot de tout ce qui est vrai, beau et bon, le triomphe de l'esprit sur la matière. Qu'on relise cette pièce splendide que nulle poésie antique n'égale, *Le Satyre*, et l'on y verra cette idée du progrès éternel de l'humanité à travers les âges ; qu'on relise les pièces si profondes, intitulées : *A l'homme* et *Abîme*, et l'on verra que pour notre poète tous les êtres de la création sont suspendus, enlacés les uns aux autres comme les fils d'une même mère, d'un même Dieu. Ce Dieu n'est pas le Dieu de telle ou telle religion ; qu'importe ? C'est un Dieu aussi ; c'est le Dieu des poètes : dans l'antiquité, de Lucrèce et de Virgile, dans les temps modernes, de Didèrot, d'André Chénier, de Gœthe, d'Edgar Quinet, de Michelet, et de tant d'autres penseurs non moins nobles, non moins illustres que les penseurs qui s'inclinent devant une parole révélée. Victor Hugo a une foi profonde dans l'avenir de l'humanité. Cette foi, quand elle est sincère comme la sienne, devient une religion.

Pour être spiritualiste, faut-il donc croire à un Dieu personnel auquel nous donnons nos passions, nos colères, nos petitesses humaines ?

Cela, Messieurs, c'est de l'anthropomorphisme, c'est du matérialisme. Être spiritualiste, c'est admettre qu'au-dessus de la matière il y a l'esprit, ou si vous l'aimez mieux, c'est croire que l'esprit vit partout et qu'il pénètre toutes les choses, et l'on n'est pas athée, lorsqu'on a une croyance aussi haute, aussi grande que cette croyance-là !

Il y a des gens qui sont bien aveugles ! Je suis persuadé, Messieurs, que si vous vous donnez le plaisir de relire cette magnifique poésie, vous conviendrez avec moi, que certaines critiques tombent d'elles-mêmes, tant elles sont absurdes, ridicules, j'allais prononcer un mot plus gros. Je sais que quelques-unes de ces critiques sont signées de noms connus, de noms d'académiciens ; elles viennent de haut ; qu'importe ? La sottise tombe de plus haut, voilà tout. Je me rappelle qu'un Allemand, qui a de l'esprit, mais qui en manque aussi quelquefois, Henri Heine, a prétendu un jour que Victor Hugo était bossu et qu'il ne dissimulait sa bosse que par un perpétuel effort et grâce à l'art de son tailleur. Dire que Victor Hugo est athée, c'est avoir à peu près autant d'esprit que Henri Heine, ce jour-là. Laissons cependant parler les envieux et les méchants : il faut leur faire une place en littérature comme ailleurs : il faut bien que tout le monde vive.

Dans la conception naturaliste de V. Hugo, comme dans toutes les œuvres d'art qui expriment profondément la nature, la vie doit éclater partout. La nature travaille toujours, et son théâtre est toujours nouveau parce qu'elle renouvelle souvent les spectateurs. « La vie est sa plus belle conception, disait Gœthe, et la mort, l'artifice qu'elle emploie pour multiplier la vie. » Nous voyons s'accorder ici toutes les grandes doctrines spiritualistes. Ce qui semble disparaître ne disparaît pas en réalité : Ilse transforme. La mort n'est qu'un enveloppement ; la vie doit faire s'épanouir ce que la mort enveloppe. Nul, mieux que Victor Hugo, n'a célébré la puissance de la mort ; mais nul aussi, mieux que lui, n'a su placer l'espérance à côté de la mort. Il y a, dans la deuxième série, une pièce intitulée « l'*Epopée du Ver*. » Le ver se vante de tout dévorer, de détruire éternellement ce qu'éternellement la nature produit. Le ver de terre insulte même Dieu :

Dieu qui m'avez fait ver, je vous ferai fumée :

Si je ne puis toucher votre essence innommée,

Je puis ronger du moins

L'amour dans l'homme, et l'astre au fond du ciel livide,

Dieu jaloux, et faisant autour de vous le vide,

Vous ôter vos témoins.

Voilà l'orgueil, voilà la mort ; voici la punition, voici la vie ; c'est le poète qui parle au ver de terre :

Non, tu n'es pas tout, monstre, et tu ne prends pas l'âme ;
Cette fleur n'a jamais subi ta bave infâme.
Tu peux détruire un monde, et non souiller Caton.....
. . . .
Tu te vantes, tu n'es que l'envieux de Dieu.
Tu n'es que la fureur de l'impuissance noire.
L'envie est dans le fruit, le ver est dans la gloire,
Soit. Vivons et pensons, nous qui sommes l'esprit ;
Toi, rampe.....
Tu n'es que le mangeur de l'abjecte matière :
La vie incorruptible est hors de ta frontière.
Les âmes vont s'aimer au-dessus de la mort ;
Tu n'y peux rien : tu n'es que la haine qui mord.....

C'est par l'amour, en effet, que la nature unit tous les êtres les uns aux autres ; par l'amour, qui n'est pas une duperie comme le prétend le misanthrope contemporain Schopenhauer, mais un bienfait. C'est par une mélodie amoureuse, intitulée : — « Le Sacre de la Femme, » — le poète a voulu dire par la conception du premier fils des hommes —. que s'ouvre la Légende des Siècles ; ouverture brillante, poétique et parfois confuse comme les désirs de la nature. Si la nature semble avoir avoir isolé les êtres, ce n'est que pour les rapprocher.

« Par quelques gouttes puisées à la coupe de l'amour, dit un poète allemand, « elle récompense et console une exis « tence pleine de soucis. » De nos jours même, la philosophie en est arrivée à se demander si l'amour n'est pas le dernier mot de la création. Aussi ce sentiment, un des plus vifs que l'homme éprouve, a-t-il trouvé place dans la Légende des Siècles. L'humanité aime, et cette amitié qu'ont les hommes les uns pour les autres, cette sympathie universelle qui unit tous les êtres de la création, et dont les Stoïciens avaient fait la première des vertus, nous donnent la force et le courage nécessaires pour ne désespérer jamais, au milieu des épreuves les plus douloureuses et des souffrances les plus désolantes. Ecoutez : la scène se passe au moyen-âge, dans un château de cet empire d'Allemagne, si tragique et si misérable :

Si tu veux, faisons un rêve :
Montons sur deux palefrois ;
Tu m'emmènes, je t'enlève.
L'oiseau chante dans les bois.

Je suis ton maître et ta proie ;
Partons, c'est la fin du jour ;
Mon cheval sera la joie,
Ton cheval sera l'amour.

Nous ferons toucher leurs têtes :
Les voyages sont aisés :
Nous donnerons à ces bêtes
Une avoine de baisers.

Un bagage est nécessaire ;
Nous emporterons nos vœux,
Nos bonheurs, notre misère,
Et la fleur de tes cheveux.

Viens, le soir brunit les chênes,
Le moineau rit ; ce moqueur
Entend le bruit des chaînes
Que tu m'as mises au cœur.

Ce ne sera point ma faute
Si les forêts et les monts,
En nous voyant côte à côte,
Ne murmurent pas : « Aimons ! »

O les verts taillis mouillés !
Viens, sois tendre, je suis ivre !
Ton souffle te fera suivre
Des papillons réveillés.

L'envieux oiseau nocturne,
Triste, ouvrira son œil rond ;
Les nymphes, penchant leur urne,
Dans les grottes souriront,

Et diront : Sommes-nous folles !
C'est Léandre avec Héro :
En écoutant leurs paroles,
Nous laissons tomber notre eau !

Allons-nous-en par l'Autriche !
Nous aurons l'aube à nos fronts !
Je serai grand, et toi, riche,
Puisque nous nous aimerons.

Allons-nous en par la terre,
Sur nos deux chevaux charmants,
Dans l'azur, dans le mystère,
Dans les éblouissements !

Nous entrerons à l'auberge,
Et nous paierons l'hôtelier
De ton sourire de vierge
De mon bonjour d'écolier :

Tu seras dame, et moi, comte.
Viens, mon cœur s'épanouit :
Viens, nous conterons ce conte
Aux étoiles de la nuit.

La mélodie encor quelques instants se traîne
Sous les arbres bleus par la lune sereine,
Puis tremble, puis expire ; et la voix qui chantait,
S'éteint comme un oiseau se pose ; tout se tait.

Vous le voyez, Mesdames, c'est le rêve fou et charmant de la jeunesse, ce délire fantaisiste qui nous plaît tant ! C'est la chimère sans doute, mais c'est le bonheur.

Messieurs, vous vous rappelez sans doute qu'on a imprimé, il n'y a pas longtemps, dans les journaux, que Victor Hugo était atteint d'une folie douce : plaisanterie un peu vieille et qui n'a rien gagné à vieillir. C'est en janvier 1877 que Victor Hugo a écrit cette série de pièces d'une incomparable fraîcheur ; il semble qu'il ait voulu tempérer comme par un sourire la sévère grandeur de son livre. Rien de plus jeune que ces accents d'un vieillard ; rien de plus frais que ces Idylles. Aussi, en entendant certaines paroles de dédain ou de pitié, proférées par des gens, qui sont vieux sans jamais avoir été jeunes, on se rappelle, non sans sourire, ce bon M. de Lorgeril, dont la réputation aurait été certainement diminuée, s'il avait parlé une langue correcte et s'il n'avait fait des vers de quatorze et même de dix-huit syllabes. Le 8 mars 1871 on discutait à la Chambre des Députés l'élection de Garibaldi, nommé représentant de l'Algérie, Victor Hugo soutenait l'élection avec chaleur et vivacité. Tout à coup on entendit dans la Chambre les paroles suivantes, qui étonnèrent un peu, il faut l'avouer, nos députés d'alors : « Victor Hugo ne parle pas français. » C'était M. de Lorgeril qui donnait une leçon de grammaire et de style à notre poète. — Accuser Victor Hugo de vieillesse, c'est marcher sur les traces de M. de Lorgeril. Voyez, par exemple, le portrait d'Angus :

> ... Un cheval d'un blanc rose
> Porte un garçon doré, vermeil, sonnant du cor,
> Qui semble presque femme et qu'on sent vierge encor (1).

Relisez toute la pièce, et dites-moi si ce n'est par là le suave portrait d'un enfant, peint par la main d'un jeune homme, de celui-là même qu'on a appelé le poète des enfants :

Ne croyez pas que le poète n'ait pas compris que l'amour est un sentiment universel, qu'il se retrouve à tous les âges de la création, depuis le jour où elle s'est épanouie sous la jeune lumière du soleil naissant, jusqu'aux jours que nous vivons nous-mêmes. Lisez ce groupe de pièces qu'on appelle *Le groupe des Idylles*, et dites-moi s'il est dans n'importe quelle littérature, antique ou moderne, quelque chose de plus frais, de plus jeune, de plus exquis. Je ne connais que deux œuvres dans les arts qui égalent cette incomparable fraicheur, cette suave et délicieuse poésie : c'est *Lalla-Rouck* de Félicien David et les Paysages de Corot.

Pour le poète, l'amour nous console de tout ; il illumine tout, même nos plus sombres douleurs, de son gracieux rayonnement ; il rend gaie même la mort. Le poète place une chanson sur les lèvres de Sophocle avant la bataille de Salamine : la légende veut que Sophocle eût seize ou dix-huit ans à ce moment. Sophocle meurt volontiers, pourvu qu'avant sa mort il ait pu aimer quelque belle jeune fille athénienne :

---

(1) L'Aigle du Casque. 2ᵉ série de la Légende

Me voilà : je suis un éphèbe ;
Mes seize ans sont d'azur baignés.
Guerre, déesse de l'Érèbe,
Sombre guerre aux cris indignés,

Je viens à toi, la nuit est noire !
Puisque Xercès est le plus fort,
Prends-moi pour la lutte et la gloire,
Et pour la tombe ; — mais d'abord

Toi dont le glaive est le ministre,
Toi que l'éclair suit dans les cieux,
Choisis-moi de ta main sinistre,
Une belle fille aux doux yeux

Qui ne sache pas autre chose,
Que rire d'un rire ingénu,
Qui soit divine, ayant la rose
Aux deux pointes de son sein nu,

Et ne soit pas plus importune
A l'homme plein d'un noir destin
Que ne l'est au profond Neptune
La vive étoile du matin.

Donne-la-moi ! que je la presse
Vite sur mon cœur enflammé !
Je veux bien mourir, ô Déesse,
Mais pas avant d'avoir aimé !...

Mais je m'oublie, Messieurs. A côte de l'amour, de la joie,
il y a la souffrance aussi. Avant d'arriver à la réalisation de
cet idéal qu'elle poursuit, l'humanité passe par des épreuves
terribles. Le poëte ne les a pas oubliées ; il sait qu'il y a des
scélérats dans le monde, des usurpateurs, des despotes : il
les a flétris à jamais. A vrai dire même, ce qui caractérise
la *Légende des siècles*, c'est un âpre amour de la justice et
de la vérité. Le poëte a poursuivi le méchant partout où

il le rencontrait. Il déteste la fourbe et la trahison : sa haine est même mélangée de frayeur. On sent qu'elle est implacable; le poète sait combien la méchanceté apporte de troubles dans la création; combien elle nuit au progrès et au bonheur de l'humanité. Ce que Victor Hugo déteste surtout, c'est l'ennemi de la liberté, c'est le tyran. Le tyran est le personnage obligé de toute la première série de la Légende, comme le traître dans le mélodrame. V. Hugo l'a peint avec les couleurs les plus sombres, les plus violentes ; il nous présente le tyran par ennui, *Zim-Zizimi,* — le tyran par violence, *Sultan Mourad,* — le tyran par avarice, *Ratbert,* — le tyran par convoitise, Ladislas et Sigismond dans *Eviradnus.* — A côté du tyran, il y a le roi qui, au moyen âge, marche souvent sur les traces du premier; le poète lui a consacré une série de petites pièces, et l'a doté de toutes les épithètes vicieuses que sa riche imagination a pu lui fournir; le roi jaloux, le roi ingrat, le roi défiant, le roi abject, le roi fourbe, le roi voleur, le roi soudard, le roi couard, le roi moqueur, le roi méchant (1). Ajoutons tout de suite que V. Hugo a su donner à ses peintures la précision d'un récit historique, et que ses peintures ne sont pas seulement de poétiques déclamations. On pourrait lui appliquer le mot d'Alexandre Dumas, père, après la lecture de l'*Histoire des Girondins* : « Lamartine a élevé l'histoire à la hauteur du roman. »

Aujourd'hui, Messieurs, le tyran n'est plus à la mode : ajoutons qu'en réalité il n'existe plus guère ; le tyran n'est que le personnage presque légendaire et pourtant bien réel du moyen-âge. Rappelons-nous d'ailleurs que Victor Hugo a écrit la première série de la Légende sous le second empire. — De nos jours la question se pose autrement : De politique elle est devenue religieuse et sociale. On s'inquiète surtout du sort des humbles, des douleurs des pauvres, des souffrances des travailleurs et des abandonnés. Le poète l'a compris. Qu'on lise les pièces qui ont pour titre : *Question sociale, Guerre civile, Les enterrements civils, Petit Paul, Jean Chouan, Fonction de l'Enfant,* et on sera convaincu que ce qui charme tous les cœurs dans ces poèmes, c'est

---

(1) Le Romancero du Cid, 2ᵉ série.

l'inspiration vraiment humaine qui les anime, la sympathie profonde du poète pour les héroïsmes cachés, sa sollicitude pour les souffrances inconsolées. — On ne peut faire un choix parmi ces pièces : pourtant je ne puis résister au désir de vous en lire une, une seule, celle qui a pour titre : *Guerre civile*. Vous me pardonnerez, en pensant que c'est pour V. Hugo que je vous retiens quelques instants de plus :

GUERRE CIVILE

La foule était tragique et terrible ; on criait :

A mort ! autour d'un homme altier, point inquiet,

Grave, et qui paraissait lui-même inexorable.

Le peuple se pressait : A mort le misérable !

Et, lui, semblait trouver toute simple la mort.

La partie est perdue, on n'est pas le plus fort,

On meurt, soit. Au milieu de la foule accourue,

Les vainqueurs le traînaient de chez lui dans la rue.

— A mort l'homme ! — On l'avait saisi dans son logis ;

Ses vêtements étaient de carnage rougis ;

Cet homme était de ceux qui font l'aveugle guerre

Des rois contre le peuple, et ne distinguent guère

Scevola de Brutus, ni Barbès de Blanqui ;

Il avait tout le jour tué n'importe qui.

Incapable de craindre, incapable d'absoudre,

Il marchait, laissant voir ses mains noires de poudre ;

Une femme le prit au collet : — A genoux !

C'est un sergent de ville. Il a tiré sur nous !

— C'est vrai, dit l'homme. — A bas ! A mort ! Qu'on le fusille !

Dit le peuple. — Ici ! Non ! Plus loin ! A la Bastille !

A l'Arsenal ! Allons ! Viens ! Marche ! — Où vous voudrez,

Dit le prisonnier. — Tous, hagards, les rangs serrés,

Chargèrent leurs fusils. — Mort au sergent de ville !

Tuons-le comme un loup ! — Et l'homme dit tranquille :

— « C'est bien. Je suis le loup, mais vous êtes les chiens. »

— Il nous insulte ! à mort ! — Les pâles citoyens

Croisaient leurs poings crispés sur le captif farouche ;

L'ombre était sur son front, et le fiel dans sa bouche ;

Cen voix criaient : — à mort! à bas! à bas! Plus d'empereur!

On voyait dans ses yeux un reste de fureur

Remuer vaguement comme une hydre échouée;

Il marchait, poursuivi par l'énorme huée.

Et, calme, il enjambait, plein d'un superbe ennui,

Des cadavres gisants, peut-être faits par lui.

Le peuple est effrayant lorsqu'il devient tempête;

L'homme sous plus d'affronts levait plus haut la tête;

Il était plus que pris : il était envahi.

Dieu! comme il haïssait! comme il était haï!

Comme il les eût, vainqueur, fusillés tous. — Qu'il meure!

Il nous criblait encor de balles tout à l'heure!

A bas cet espion, ce traître, ce maudit!

A mort, c'est un brigand! — Soudain on entendit

Une petite voix qui disait : C'est mon père!

Et quelque chose fit l'effet d'une lumière.

Un enfant apparut. Un enfant de six ans;

Ses deux bras se dressaient, suppliants, menaçants.

Tous criaient : Fusillez le mouchard! Qu'on l'assomme!

Et l'enfant se jeta dans les jambes de l'homme,

Et dit, ayant au front le rayon baptismal :

— Père, je ne veux pas qu'on te fasse de mal!

Et cet enfant sortait de la même demeure.

Les clameurs grossissaient : — A bas l'homme! qu'il meure!

A bas : finissons-en avec cet assassin!

Mort! — Au loin le canon répondait au tocsin.

Toute la rue était pleine d'hommes sinistres.

— A bas les rois! A bas les prêtres, les ministres,

Les mouchards! Tuons tout! C'est un tas de bandits.

Et l'enfant leur cria : Mais puisque je vous dis

Que c'est mon père! — Il est joli, dit une femme,

Bel enfant! — On voyait dans ses yeux bleus une âme;

Il était tout en pleurs, pâle et point mal vêtu.

Une autre femme dit : — Petit, quel âge as-tu?

Et l'enfant répondit : — Ne tuez pas mon père!

Quelques regards pensifs étaient fixés à terre,

Les poings ne tenaient plus l'homme si durement.

Un des plus furieux, entre tous inclément,

Dit à l'enfant : — Va-t-en ! — Où ? — Chez toi. — Pourquoi faire

— Chez ta mère ! — Sa mère est morte, dit le père.

— Il n'a donc plus que vous ? — Qu'est-ce que cela fait ?

Dit le vaincu. Stoïque et calme, il réchauffait

Les deux petites mains dans sa rude poitrine,

Et disait à l'enfant : — Tu sais bien, Catherine ?

— Notre voisine ? — Oui. Va chez elle. — Avec toi ?

— J'irai plus tard— Sans toi je ne veux pas.— Pourquoi ?

— Parce qu'on te ferait du mal. — Alors le père

Parla tout bas au chef de cette sombre guerre :

— « Lâchez-moi le collet. Prenez-moi par la main,

Doucement, je vais dire à l'enfant : A demain !

Vous me fusillerez au détour de la rue,

Ailleurs, où vous voudrez. — Et d'une voix bourrue:

Soit ! dit le chef, lâchant le captif à moitié.

Le père dit : Tu vois, c'est de bonne amitié.

Je me promène avec ces messieurs. Sois bien sage.

Rentre. Et l'enfant tendit au père son visage,

Et s'en alla, content, rassuré, sans effroi.

— Nous sommes à notre aise, à présent ; tuez-moi,

Dit le père aux vainqueurs ; où voulez-vous que j'aille ?

Alors dans cette foule où grondait la bataille,

On entendit passer un immense frisson,

Et le peuple cria : Rentre dans ta maison !

Messieurs, cette sympathie pour ce qui souffre, le poète ne la ressent pas seulement en faveur de l'homme ; il l'éprouve encore pour les bêtes, pour les arbres, pour tous les êtres de la création. Dans une pièce de sa 1ʳᵉ série, intitulée : le *Crapaud*, il nous donne une leçon d'angélique bonté ; il prend, avec une miséricorde sublime, la défense de cet animal et nous montre qu'il ne faut être méchant pour rien dans la nature, pas même pour ce qui nous parait le plus laid et le plus affreux.

Jusqu'ici nous avons, avec le poète, suivi l'humanité dans

ses épreuves, dans ses souffrances; mais l'humanité ne doit pas toujours souffrir; comme Prométhée, elle doit être un jour délivrée de ses chaînes; elle monte vers l'idéal qui d'en haut rayonne et l'attire. La dernière pièce du livre nous fait entrevoir, comme une étoile dans la nuit, le jour bienheureux de la délivrance, que le poète célèbre à l'avance dans *Plein Ciel.*

Oh ! ce fut tout-à-coup

Comme une éruption de folie et de joie.

Quand, après six mille ans dans la fatale voie,

Défaite brusquement par l'invisible main,

La pesanteur, liée aux pieds du genre humain,

Se brisa : cette chaîne était toutes les chaînes !

Tout s'envola dans l'homme ; et les fureurs, les haines,

Les chimères, la force évanouie enfin,

L'ignorance et l'erreur, la misère et la faim,

Le droit divin des rois, les faux dieux juifs ou guèbres,

Le mensonge, le dol, les brumes, les ténèbres

Tombèrent dans la poudre avec l'antique sort

Comme le vêtement du bagne dont on sort.

Telle est, Mesdames et Messieurs, cette superbe épopée; je ne prétends pas vous l'avoir fait connaître, mais seulement vous en avoir montré l'idée principale. Pour la bien connaître, il faut la lire d'un bout à l'autre. Permettez-moi d'ajouter quelques mots encore sur les qualités que le poète y montre et sur la valeur de la forme.

Ce qui frappe avant tout dans ces poèmes c'est la puissante imagination de Victor Hugo, cette imagination la plus surprenante qui se soit rencontrée dans les lettres françaises, si surprenante qu'elle est encore une énigme pour beaucoup de personnes, un scandale pour beaucoup d'autres ; c'est la force de cette intelligence qui donne tout à la pensée, rien au bel esprit ; c'est la haute philosophie qui éclate dans chaque vers de ce sublime penseur. Alfred de Vigny disait un jour en parlant des poèmes de Lamartine, — les poètes sont mordants les uns pour les autres, — : « Ce sont des îles de poésie noyées dans un océan d'eau bénite, » mot onctueux et piquant. Victor Hugo, lui, ne se noie jamais dans un bénitier : il monte haut, très-haut : sa devise pourrait être celle d'une ardente artiste de la comédie française. « Encore plus outre ! » Il est vrai que certains esprits lui ont reproché précisément cette hauteur d'idées à laquelle sans doute ils ne sont pas accoutumés. Vous connaissez le joli vers :

« Même quand l'oiseau marche, on sent qu'il a des ailes. »

Ces esprits voudraient peut-être qu'on le corrigeât à leur usage et qu'on dise :

« Même quand l'oiseau vole, on sent qu'il a des pattes. »

L'imagination de Victor Hugo est altière, hautaine, vigoureuse ; elle aime la violence et se complaît dans la colère ; elle préfère les spectacles grandioses ou terribles aux spectacles charmants ou délicats.

Il lui faut le grand air, l'espace, l'immensité; elle étouffe en serre chaude. V. Hugo est de la famille de ces poètes plus puissants que tendres, plus hardis que gracieux, plus vigoureux que délicats ; il est de la famille d'Eschyle, de Lucrèce, et de Corneille, ces trois géants de nos littératures classiques.

Ce qui constitue le génie, c'est une heureuse harmonie de l'intelligence et de la sensibilité. Toute idée apparaît à V. Hugo sous une forme imagée ; mais cette forme n'est pas unique ; les images se succèdent les unes aux autres, sans lien aucun, au hasard ; le poète est obligé de relier, par un effort de volonté, ces images opposées, de mettre une certaine harmonie entre elles. De là ce travail prodigieux, parfois pénible, qui se montre dans ses ouvrages : de là, cet effort qui est sensible et qu'on lui a reproché parfois si amèrement.

Ajoutons enfin, que cette colossale imagination devient quelquefois un défaut : semblable à certains instruments d'optique elle grossit tout ce qu'elle touche ; elle se transforme même en hallucination ; mais le grand art du poète est de projeter hors de lui ces hallucinations et de les exprimer si nettement, si fortement u'elles ressemblent à des réalités et que les lecteurs eux-mêmes deviennent hallucinés.

Le style du poème est toujours en harmonie avec l'idée. Il

n'a plus l'éclat, le brillant, le pittoresque du style des *Orientales* ou des *Feuilles d'Automne*; il n'a plus la passion, les sanglots. l'émotion du style d'*Hernani* ou de *Marion Delorme*; mais il a une sobriété remarquable, un éclat mat, une grandeur soutenue. C'est un style sévère et familier. Quelquefois même — et ce style est nouveau dans la manière de V. Hugo, — il est affecté, mignard, frais et suave, si vous voulez, mais, permettez-moi le mot, un peu léché. Lisons ensemble une dernière pièce qui justifiera mon jugement, c'est une pièce prise au groupe des *Idylles*, et elle est intitulée *Ronsard*:

« *C'est fort juste, tu veux commander en cédant;*

« *Viens, ne crains rien; je suis éperdu, mais prudent;*

« *Suis-moi; c'est le talent d'un amant point rebelle*

« *De conduire au milieu des forêts une belle,*

« *D'être ardent et discret, et d'étouffer sa voix*

« *Dans le chuchottement mystérieux des bois.*

« *Aimons-nous au-dessous du murmure des feuilles;*

« *Viens, je veux qu'en ce lieu voilé tu te recueilles,*

« *Et qu'il reste au gazon par ta langueur choisi*

« *Je ne sais quel parfum de ton passage ici;*

« *Laissons des souvenirs à cette solitude.*

« *Si tu prends quelque molle et sereine attitude,*

« *Si nous nous querellons, si nous faisons la paix,*

« *Et si tu me souris sous les arbres épais,*

« *Ce lieu sera sacré pour les nymphes obscures;*

« *Et le soir, quand luiront les divins dioscures,*

« *Les sauvages halliers sentiront ton baiser*

« *Flotter sur eux dans l'ombre et les apprivoiser;*

« *Les arbres entendront des appels plus fidèles,*

« *De petits cœurs battront sous de petites ailes,*

« *Et les oiseaux croiront que c'est toi qui bénis*

« *Leurs amours, et la fête adorable des nids.*

« *C'est pourquoi, belle, il faut qu'en ce vallon tu rêves*

« *Et je rends grâce à Dieu, car il fit plusieurs Eves,*

« *Une aux longs cheveux d'or, une autre au sein bruni,*

« *Une gaie, une tendre, et quand il eut fini,*

« *Ce Dieu, qui crée au fond toujours les mêmes choses,*

« *Avec ce qui restait des femmes fit les roses.*

Mesdames et messieurs, je m'arrête avec ce dernier vers. — On pourra trouver que j'ai plus admiré que critiqué, que j'ai exalté outre mesure le génie de notre poète, que j'ai même essayé de lui élever un piédestal, de le canoniser, ce que V. Hugo ne refuserait peut-être pas; — on pourra m'accuser d'être Hugolâtre; je ne m'en défends pas, mais je suis excusable.

A l'époque où parut la première série de la *Légende des Siècles*, quelqu'un en porta aussitôt un exemplaire à Théophile Gautier, qui s'empressa de lire le poème : — « Eh bien! qu'en pensez-vous ? — « Ah! c'est de la haute *Cocasserie*, répondit Gautier, dans cette langue qui n'appartient qu'à lui. » — Peu familiarisé sans doute avec le vocabulaire particulier de Gautier, son interlocuteur le pressa de lui dire sa pensée : « Enfin trouvez-vous ce poème mauvais ? — Si j'avais le malheur, reprit Gautier, de trouver mauvais un seul vers de Victor Hugo, je n'oserais me l'avouer à moi-même, tout seul, dans une cave, sans chandelles. — Mesdames et messieurs, je suis de l'avis de Th. Gautier, et ce que je n'oserais me dire à moi-même tout seul, dans une cave, à plus forte raison craindrais-je de me l'avouer devant vous !

Alger. — Imprimerie CURSACH et Cie, rue des Consuls, 22.